DISNEY

E L
REY LEÓN

POR GINA INGOGLIA

ILUSTRADO POR MARSHALL TOOMEY Y MICHAEL HUMPHRIES
TRADUCIDO AL ESPAÑOL POR DANIEL SANTACRUZ

DISNEY
PRESS

NEW YORK

LIBROS
BUENA
VISTA

Originally published as *Disney's The Lion King*
copyright © 1994 by Disney Press.

Library of Congress Catalog Card Number: 94-70990
ISBN 0-7868-3021-2/0-7868-5011-6 (lib. bdg.)
First Edition
1 3 5 7 9 10 8 6 4 2

Disney

EL
REY LEÓN

▼ ▼ ▼ ▼ ▼ ▼

La luna se había ocultado. Una a una, las estrellas desaparecieron del frío cielo nocturno. El sol apareció detrás de las oscuras montañas del oriente, tornando verdes las negras acacias de copas planas. Amanecía una vez más en África.

Era éste un día importante.

—Apresúrense—se decían los animales unos a otros—. Hoy vamos a Pride Rock. ¡No podemos llegar tarde!

Los animales subieron desde los anchos valles y bajaron de las colinas, y desfilaron por la llanura. Los guepardos, los más veloces de todos, iban al frente. El polvoriento suelo temblaba bajo el tamborileo de un millón de cascos y el paso lento de elefantes y rinocerontes. Jirafas silenciosas, seguidas de sus larguiruchas crías, trotaban junto a manadas de cebras inquietas. Cerrando la marcha, multitudes de bulliciosos mandriles llevaban a las espaldas a sus vivaces pequeños.

El ambiente se llenaba con el ruido y el alboroto que hacían infinidad de alas. Aves de todos los tamaños y colores, que habían volado desde ríos y árboles lejanos, ensombrecían los lomos de los animales.

El viaje era largo y la llanura brillaba

tenuemente en el calor de la mañana a medida que los animales se acercaban a Pride Rock. Todos se reunieron al pie de la montaña y esperaron.

—¿Cuándo vamos a ver al nuevo príncipe?—preguntó una cría de jirafa.

—Pronto—respondió su padre.

Desde el fondo de la multitud, un viejo mandril llegó hasta el pie de Pride Rock. Apoyándose en un bastón, trepó cuidadosamente la ladera de la montaña.

—Ése es Rafiki, el gran místico—explicó una mamá elefante a su hijo—. Cuando el rey Mufasa era un cachorro, Rafiki lo cuidaba. Ahora ha venido a darle la bendición a Simba.

Un cálao de plumas azules descendió desde la cumbre de Pride Rock.

—Mira, ahí viene Zazu—dijo la mamá elefante, señalando con su trompa—. Quiere comprobar que todos estamos aquí.

Zazu voló a baja altura, en círculos, varias veces. Luego se dirigió otra vez a la cumbre de la roca, desapareciendo de la vista de la paciente multitud.

Se posó a los pies de un majestuoso león de melena dorada.

—Rey Mufasa—dijo Zazu—, todos han llegado y Rafiki ya viene para acá. Los elefantes están aquí, los ñus están aquí, así como también los . . .

—Gracias, Zazu—dijo Mufasa—. Es suficiente.

A los pocos minutos la cabeza desgreñada y gris de Rafiki apareció al borde de la roca. El rey Mufasa abrazó a su viejo amigo.

—¡Vaya!—dijo Rafiki—. Llegué sin un rasguño. —Miró a su alrededor—. ¿Dónde está el muchacho?

—Aquí está Simba—dijo la reina Sarabi, entregándole suavemente el cachorro manchado a Rafiki. El cachorro alzó la mirada

y miró con sorpresa el extraño y viejo mandril.

Rafiki sonrió a Mufasa, mostrando los dientes.

—Me parece que te estoy viendo otra vez cuando eras cachorro. Pequeño príncipe, te bendeciré—le dijo a Simba, dándole una palmadita en la frente.

Rafiki desató lentamente una calabaza de su bastón. Se inclinó y la sacudió varias veces encima del atento cachorro. A continuación, la rompió, sacó algo pegajoso y lo untó en la frente de Simba. El cachorro arrugó la nariz.

—Ya casi termino—dijo suavemente el viejo mandril. Tomó un puñado de polvo y lo vertió sobre la espalda de Simba. Éste estornudó y todos rieron.

Luego Rafiki se agachó y alzó con mucho cuidado al hijo del rey Mufasa y la reina Sarabi. Llevó al cachorro hasta el borde de Pride Rock.

La multitud reunida abajo había esperado ansiosamente este momento.

—¡Allí está!—gritó uno de los animales—. ¡Rafiki tiene el nuevo príncipe!

—¡Bienvenido!—gritaron—. ¡Bienvenido, príncipe Simba!

Rafiki esperó que la euforia pasara. Luego levantó a Simba en el aire. Las nubes se abrieron y un rayo de sol se filtró, iluminando al nuevo príncipe. Los animales se callaron e hicieron una reverencia.

Rafiki bajó lentamente los brazos y retiró a Simba de la vista de los animales. Cuando el sol de la tarde comenzó a descender, los animales dieron la vuelta y emprendieron el camino a casa.

* * *

Más tarde, Zazu voló hacia una parte sombreada de Pride Rock y se posó a los pies de otro león . . . el hermano menor del rey.

9

—Me da mucho placer anunciar la visita del rey Mufasa—dijo
Zazu—. Espero que tengas una buena excusa por no haber ido a
la ceremonia de esta mañana.

—Uuuuh, estoy temblando de miedo—dijo Scar con toda
calma.

—¿Qué pasó?—le preguntó Mufasa, apareciendo de repente—.
Sarabi y yo no te vimos en la presentación de Simba. ¿Ocurrió
algo malo?

—¿Fue hoy?—preguntó Scar, pretendiendo estar decepcionado—. Qué mal me siento. Debí haberlo olvidado.

—Tú debiste haber sido el primero—le reprochó Zazu—.
Después de todo, eres el hermano del rey.

—Yo era el primero hasta que el gatito nació—dijo con un
bufido y alejándose.

—¡No me vuelvas la espalda, Scar!—le ordenó Mufasa.
Scar dio media vuelta y miró a su hermano.

—Oh, no Mufasa—gruñó—. Tal vez tú no deberías darme la
espalda a mí.

—¿Es eso un reto?—preguntó Mufasa.
Scar se retiró rápidamente sin contestar.

Zazu trató de mitigar la frustración de su amo: —En cada
familia hay uno así, majestad—dijo—, y siempre arruinan las oca-
siones especiales.

—¿Qué voy a hacer con él?—murmuró Mufasa.

▼ ▼ ▼ ▼ ▼ ▼

2

Los días transcurrieron rápidamente para Simba. Había mucho que hacer y aprender. Una mañana, antes del alba, cuando aún estaba oscuro y frío, corrió hacia donde estaba su padre, que todavía dormía, y lo sacudió suavemente.

—Papá—murmuró a Mufasa al oído.

Su padre no respondió.

Simba alzó la voz un poco más.

—¡Oye, papá! ¡Despiértate!

Mufasa dio un suspiro y se dio vuelta.

—Papá-papá-papá-papá-papá— continuó Simba.

—Tu hijo está despierto—le dijo Sarabi a Mufasa.

—Antes del amanecer, él es *tu* hijo— refunfuñó Mufasa.

Sarabi le dio un codazo fuerte.

—Tú le dijiste que te despertara temprano.

Mufasa abrió los ojos.

—Ya sé. Estoy despierto. Estoy despierto.

Sarabi extendió los brazos, acercó a Simba hacia ella y le lamió las orejas.

—Tu padre tiene cosas muy importantes que decirte hoy—dijo ella—. Es mejor que tengas las orejas limpias.

—Maaami—dijo Simba, dando vueltitas.

En la tenue luz, Mufasa y Simba caminaron una gran distancia por Pride Lands. Por toda la llanura, hermosas gacelas de color café y blanco movían rápidamente la cola y pastaban. Se esparcieron dando saltitos y coces con sus patas traseras cuando Mufasa y Simba pasaron por su lado.

Una bola brillante de color naranja apareció por el oriente, en el horizonte. El sol señalaba un nuevo día. El calor que despedía disipaba el rocío de la mañana, y Simba sintió que el suelo ardía bajo sus pies. Los largos rayos del sol cubrían una gran distancia, iluminando la llanura.

—Mira los rayos del sol naciente, Simba—le dijo el rey—. Todo lo que cubre la luz es nuestro reino.

Simba estaba impresionado.

—¡Es casi todo!

—El reinado de un monarca nace y declina como el sol—dijo su padre—. Algún día el sol declinará en mi reinado. Nacerá contigo, cuando seas el nuevo rey.

—¿Y esta tierra será mía—preguntó Simba.

—Toda—respondió Mufasa.

Simba parpadeó y contempló la llanura brillante. A poca distancia, mangostas pequeñas y ágiles entraban y salían de comejeneros abandonados. En el soleado horizonte cebras sedientas caminaban lentamente en fila hacia una charca atestada de animales.

—¿Qué es ese sitio sombreado?—preguntó.

—No está en nuestro territorio—respondió Mufasa—. Nunca debes ir allá, hijo mío.

Simba trató de no mostrarse desilusionado.

—Pero pensé que un rey podía hacer lo que quisiera.

Su padre sonrió.

—Ser rey es más que imponer siempre tu voluntad.

—¿Crees tú que seré un buen rey, papá?—preguntó Simba.
Mufasa se puso serio y miró a su hijo a los ojos.

—Serás un buen rey si recuerdas esto: Todo lo que tú ves existe
manteniendo un equilibrio. Como rey, debes entender y preser-
var ese equilibrio. Debes respetar a todas las criaturas, desde la
hormiga que se arrastra hasta el antílope que salta.

—¡Pero nos *comemos* a los antílopes!—dijo Simba.

—Sí—replicó Mufasa—. Déjame explicarte. Cuando morimos,
nuestros cuerpos se convierten en hierba. El antílope come luego
la hierba. Así estamos todos conectados en el gran Círculo de la
Vida.

—¡Buenos días, majestad!—una voz chilló desde arriba. Era
Zazu. El pájaro cayó a los pies del rey como un bulto—. Tengo el
informe de la mañana.

—Muy bien—dijo Mufasa—. Oigámoslo.

Zazu carraspeó y empezó a hablar en tono muy serio: —El
rumor de las abejas es que los guepardos viven a las carreras . . .

Simba estaba aburrido. Una mariposa revoloteó a su lado,
posándose sobre una flor pequeña que crecía a corta distancia.
El cachorro se lanzó sobre ella, pero la mariposa alzó vuelo
rápidamente.

Mientras Zazu continuaba monótonamente con su informe,
Mufasa se inclinó y le susurró a Simba al oído.

—¿Qué haces, hijo?—le preguntó.

—Estoy tratando de atrapar esta mariposa—dijo Simba—, pero
no puedo.

Zazu se detuvo y esperó.

—Continúa, Zazu—dijo Mufasa.

Zazu carraspeó nuevamente y continuó: —Los mandriles
siguen haciendo monerías. Las jirafas, por supuesto, creen que
están por encima de todo el mundo . . .

—Permite que un viejo experto te muestre como hacerlo—le dijo Mufasa calmadamente a Simba mientras Zazu recitaba su reporte.

—Zazu, ¿quieres darte vuelta?

—Por supuesto, majestad—replicó Zazu. De espaldas al rey, continuó—: Los garrapateros y los elefantes son uña y carne. Y ahora los elefantes no se pueden quitar de encima a esos pájaros.

—Recuerda, Simba—le susurró Mufasa a su hijo—, agáchate bien.

—Y el comején, como siempre—dijo Zazu—, come que come que come. —Y volviéndose a mirar, preguntó—: Uh, ¿qué está pasando?

—No te preocupes—dijo Mufasa—. Es sólo una lección de cacería.

—Oh, muy bien—dijo Zazu, dándose vuelta.

Simba estaba sólo cazando. ¿CAZANDO?

—Trata de no hacer ruido—le advirtió Mufasa a su hijo.

Simba, bien agazapado, avanzó hacia Zazu.

—Majestad—protestó Zazu por encima del hombro—. No podéis estar hablando en serio. Es humillante. Degradarme tanto a mí . . .

Un ruido que venía del suelo hizo que el indignado pájaro se callara en medio de la frase. Un topo cansado sacó la cabeza por un pequeño agujero. Con los ojos turbios y estornudando polvo, susurró rápidamente algo al oído de Zazu, para desaparecer otra vez en la madriguera.

—Majestad, llegan noticias por vía subterránea—dijo Zazu—. Las hienas han sido avistadas cruzando Pride Lands en varios puntos.

Mufasa se veía preocupado.

—Zazu, lleva a Simba a casa mientras yo investigo el asunto—

dijo, preparándose a partir.

—Llévame contigo, papá, por favor—le imploró Simba.

—No—replicó el rey—. Podría ser peligroso.

Zazu acompañó a Simba al pie de Pride Rock.

—Gracias, Zazu—dijo el cachorro—. Caminaré el resto solo.

Se separó del secretario de su padre y trepó por las rocas. A mitad de camino hacia la cumbre, se encontró con Scar, que dormía la siesta sobre una roca. El delgaducho león abrió un ojo, parcialmente cubierto por una melena poco espesa.

—Oh—dijo, mirando desde arriba a Simba—. Eres tú.

—¡Tío Scar!—exclamó Simba—. ¿Adivina qué?

—Detesto las adivinanzas—respondió Scar.

—¡Voy a ser rey de Pride Rock!—dijo Simba.

Scar bostezó.

—Oh, qué bien—dijo—. Bueno, perdóname por no saltar de alegría. Me duele la espalda, tú lo sabes.

—Mi papá me acaba de mostrar todo el reino—dijo Simba—. ¡Algún día lo gobernaré!

El otro ojo de Scar se abrió mientras pensaba por un minuto en lo que acababa de oír.

—Así que tu padre te mostró todo el reino, ¿verdad?

—¡Todo!—dijo Simba.

—¿No te mostró lo que había en la frontera del norte?—preguntó su tío.

—No—respondió Simba—. Me advirtió que no podía ir allá.

Scar bostezó otra vez.

—Tiene toda la razón. Es demasiado peligroso. Sólo los leones más valientes van allá. —Cerró los ojos—. Vete y déjame dormir.

—Tío Scar—dijo Simba—. *Soy* valiente. Por favor, dime qué hay más allá.

—No—dijo Scar en tono firme, manteniendo los ojos cerrados.

—Sólo me interesa tu bienestar. Un cementerio de elefantes no es un sitio para un joven príncipe—agregó Scar.

—¿Un *qué* de elefantes?—preguntó Simba. Eso parecía interesante.

Scar abrió bien los ojos.

—Oh, querido—dijo con una mueca—. Hablé demasiado. Pero eres tan inteligente que tarde o temprano lo hubieras averiguado. ¿Me quieres hacer un favor? Prométeme que jamás visitarás ese sitio tan espantoso. Y no le cuentes a nadie lo que te dije—agregó—. Esto será nuestro secretito.

—Muy bien—dijo Simba.

Corrió a buscar a su mejor amiga, Nala. ¡No le podía contar *cómo* lo supo, pero sí le podía contar *qué* supo!

▼ ▼ ▼ ▼ ▼ ▼

3

Simba jugaba con Nala casi todos los días. Trepaban juntos a los árboles, luchaban y corrían por la llanura. ¡No veía la hora de contarle sobre el cementerio de elefantes!

Oyó la voz de su madre y la encontró con Sarafina, la madre de Nala. Las dos descansaban a la sombra de un *kigelia*, a un extremo de Pride Rock. Sarafina le daba un baño a su impaciente hija.

—¡Quédate quieta, Nala, *por favor!*—le ordenó su madre—. Déjame terminar de lavarte la cara. Un par de lamidos y te puedes ir.

—¡Hola!—dijo Simba.

—Estaré contigo en un minuto—dijo Nala—. Eso *creo*.

Mientras esperaba, Simba jugaba con unas frutas pesadas, que parecían salchichas, que caían de los árboles.

—¿Cómo fue tu paseo?—preguntó Sarabi.

—Bien—respondió Simba—. Papá tuvo que ir a ver qué está pasando con unas hienas que entraron a nuestro territorio.

Sarabi estaba sorprendida.

—¿De verdad? ¿Otra vez? Espero que las ahuyente. Esas hienas sólo traen problemas.

—¿Puede venir a jugar Nala?—le preguntó Simba a Sarafina.

Sarafina miró a Sarabi.

—¿Crees que será seguro con esas hienas corriendo por ahí?—preguntó ella.

Sarabi lo pensó.

—Bueno, por mí no hay problema, siempre y cuando Zazu los acompañe.

Simba dejó caer los hombros.

—Mamá, por favor—le rogó—. ¿Podemos ir solos?

—Los dos estamos ya crecidos—dijo Nala.

—¡Y fuertes!—agregó Simba, sacando el pecho.

—Hoy no—dijo Sarabi. Miró hacia la copa de un *kigelia* y vio a Zazu que se preparaba para dormir a siesta.

—Zazu—le gritó ella—. Me gustaría que cuidaras a Simba y a Nala esta tarde.

Zazu parpadeó. Se *suponía* que estaba descansando. ¡Qué se podía hacer! Voló a tierra, y Simba y Nala fueron hacia él.

—Caminen rápido—dijo Zazu—. Cuánto más pronto vayamos, más pronto podremos regresar.

—Sí—dijo Simba—. Iremos adelante.

Los dos cachorros corretearon por la llanura, hablando y riendo despreocupadamente.

—¿Adónde vamos?—preguntó Nala.

—A un cementerio de elefantes.

Nala abrió los ojos bien grandes.

—¿De verdad?—preguntó.

—Chis—dijo Simba, disminuyendo el paso y susurrando—. Zazu . . .

—Tienes razón—asintió Nala y murmuró: —¿Cómo vamos a deshacernos del pajarraco? Cuidado, aquí viene.

—Bien—dijo Zazu, revoloteando por encima de ellos—. Mírenlos, contando secretos. Capullitos románticos que florecen

26

en la sabana. Se ven tan perfectos que están comprometidos.

—Comproqué?—preguntó Simba—. ¿Qué es eso?

—Tú y Nala están comprometidos—exclamó Zazu—. ¡Son novios! ¡Van a desposarse!

—Oh—dijeron Simba y Nala.

—¡Significa—dijo Zazu—que algún día ustedes se van a casar!

—¿Casarnos?—preguntaron Simba y Nala—. ¿Nosotros?

—Sí, ustedes—respondió Zazu.

—No puedo casarme con Nala—dijo Simba—. Es amiga mía.

—Tienes razón—dijo Nala—. No queremos *casarnos*.

—Siento desilusionarlos—dijo Zazu—, pero, tortolitos, a ustedes no les queda otra alternativa. Sus padres así lo han dispuesto. Es una tradición que se remonta a muchas generaciones.

—Bien, veremos—dijo Simba—. Cuando sea rey esa será la primera tradición que va a desaparecer. Vamos, Nala. Te apuesto una carrera hasta ese comejenero grande.

Los dos cachorros partieron veloces.

—Oh, allí van otra vez—dijo Zazu—. ¡Espérenme!

4

¿Cuándo vamos a llegar allá?—preguntó Nala, corriendo junto a Simba—. Pasamos el comejenero hace mucho tiempo.

—Espero que pronto—dijo Simba—. El comejenero fue sólo una excusa para deshacernos de Zazu.

Nala dejó de correr y se echó en la hierba.

—Necesito descansar.

Simba corrió hacia ella:

—Vamos, levántate. Te apuesto a que ya casi llegamos.

No hubo respuesta. Simba se agachó y observó a Nala con detenimiento. Ella tenía los ojos cerrados y la lengua le colgaba.

—Nala—dijo Simba—. ¿Estás bien?

Nala dio un salto, tirando a Simba al suelo.

—¡Te atrapé!—dijo juguetonamente.

—¡Ay, déjame!—exclamó Simba.

Nala soltó su presa.

—Escucha, Nala—dijo Simba, un poco enojado—. Deja de jugar. Tenemos que irnos . . .

Nala dio un salto al frente y derribó a Simba al suelo.

—¡Te atrapé otra vez!—dijo y echó a correr, riendo. Simba corrió para alcanzarla. Después de unos minutos se dio vuelta a mirar.

—Qué bueno—dijo—, nos deshicimos de Zazu.

—¿Dónde estamos?—preguntó Nala—. Mira este lugar. No hay árboles ni nada. Y el aire se ve brumoso. Es realmente lúgubre.

—¡Sí, vamos a verlo!—dijo Simba.

—Simba, ¿qué es ese ruido tan extraño?—preguntó Nala.

Simba puso atención. El ruido venía de más abajo del suelo.

—Umm—, dijo—. No sé.

El ruido se hizo más intenso. ¡OOOOSH! Un torrente de vapor explotó en el aire con un poderoso estallido.

—¡Cuidado!—gritó Simba.

Ambos fueron levantados del suelo y cayeron a varios metros de distancia.

—¿Qué fue *eso*?—preguntó Nala. Movió las piernas para comprobar que no se había lastimado.

—¡Ay!—exclamó Simba. Le dolía la espalda. Había sido lanzado contra algo duro. Después que el vapor cesó, se dio cuenta de lo que era. Estaba frente a la gigantesca cuenca del ojo de una calavera de elefante.

Simba estaba fascinado.

—¡Aquí es!—dijo—. ¡Éste es el cementerio de elefantes!

—¡Oh! ¡Es increíble!—dijo Nala—. Mira todos esos huesos.

—Echémosle una buena mirada a esta calavera—sugirió Simba. Empezó a trepar en ella.

—Oye, aquí dentro hay algo.

—¡Espera un minuto!—chilló Zazu, aprestándose para posarse junto a ellos.

Simba miró hacia arriba un tanto sorprendido. Luego sonrió tímidamente.

—Hola, Zazu.

—Tienen que irse de aquí *inmediatamente*—les ordenó Zazu—. Esto está fuera de los límites de Pride Lands. Y estamos todos en peligro ahora mismo.

—¿En peligro? ¡Ja!—dijo Simba jactándose—. Déjame que me burle del peligro. Echó la cabeza para atrás y rió estrepitosamente.

Otras voces rieron también . . . ¡dentro de la calavera! Simba, Nala y Zazu dieron un paso atrás. Tres babeantes hienas salieron a su encuentro sin dejar de reírse.

—¡Hienas!—dijo Zazu sin aliento—. ¡Éste es nuestro fin!

Una hiena, de olor fétido y melena sucia, husmeó el aire.

—Bien, bien, bien, Banzai—dijo a uno de sus compañeros—. ¿Qué tenemos aquí?

Banzai rió entre dientes.

—No sé, Shenzi—dijo—. ¿Qué crees *tú*, Ed?

Ed rió tontamente.

—¡Ji, ji, ji!

—Eso era justamente lo que estaba pensando—dijo Banzai—. Tres intrusos.

Zazu les susurró nerviosamente a Simba y Nala.

—Traten de irse calmadamente—les ordenó—mientras yo hablo con ellas.

—Les aseguro—les explicó a las hienas—que llegamos aquí por error. Ya nos íbamos.

Shenzi dio vueltas en torno a Zazu para mirarlo mejor. Luego se dio cuenta de algo. Estiró un brazo y asió a Zazu por el cuello.

—Te conozco—dijo—. ¡Trabajas para Mufasa!

—Señora—dijo Zazu con orgullo—, yo soy el secretario personal del rey.

Banzai dio vueltas en torno a Simba.

—Entonces tú eres . . . —empezó a decir.

—El futuro rey—dijo Simba y se irguió lo más alto que pudo.

Shenzi soltó a Zazu, quien voló a posarse entre Simba y Nala. Luego la hiena sonrió, mostrando sus afilados y sucios dientes.

33

—¿Sabes qué hacemos con los reyes que se salen de sus reinos?—le preguntó a Simba.

—No me puedes hacer nada—respondió Simba.

—Oh, sí pueden—dijo Zazu en voz baja—. *Estamos* en su territorio.

—Pero, Zazu—dijo Simba—. ¡Ellas entran a nuestro territorio a cada momento!

—Lo que quise decir—dijo Shenzi—es que nos gustaría que se quedaran a comer.

—Seguro—agregó Banzai—. Comemos todo lo que aparece por aquí.

Ed rió disimuladamente.

Banzai agarró a Simba por la cola.

—Espera un minuto, Banzai—dijo Shenzi—. *Yo* me voy a comer a los cachorros. Agarra el pájaro.

—Oh, no—se quejó Banzai—. No he comido cachorro en años. *Tú* agarras el pájaro y *yo* los cachorros.

—Oh, no—dijo Shenzi—. *Tú* agarras el pájaro y *yo* los cachorros . . .

—Vamos—les susurró Zazu a Simba y Nala—. Escabullámonos mientras pelean.

Simba y Nala retrocedieron calladamente. Echaron a correr cuando nadie los veía.

Ed vio escapar a los cachorros. Desesperadamente, trató de hacérselo saber a Shenzi y Banzai. Pero éstos estaban demasiado ocupados discutiendo para darse cuenta.

—¡Está bien! ¡Está bien!—dijo Banzai—. Nos repartiremos el pájaro.

—¡Yo me comeré las alas!—gritó Shenzi.

—Oh, *seguro*—dijo Banzai—. Y *yo* tengo que comerme el pico.

—Muy bien, muy bien—dijo Shenzi—. Nos repartiremos el pico entre los dos.

De repente, Ed metió la nariz entre los dos y empezó a gesticular alocadamente.

—¿Qué pasa, Ed, qué pasa?—gritó Shenzi.

—¡Oye!—exclamó Banzai al ver los cachorros en la distancia—. ¿Pedimos cachorros al vapor? Se acaban de evaporar.

—¡Tras ellos!—gritó Shenzi.

▼ ▼ ▼ ▼ ▼ ▼

5

C orriendo velozmente, Simba miró hacia atrás. ¡Qué bien! No se veía a nadie.

—¡Lo logramos!—gritó a Nala—. ¡Lo logramos, Zazu! ¿Zazu? ¿Dónde está Zazu?

Nala se detuvo para tomar aliento. Inclinó la cabeza para escuchar.

—¿Oyes eso?—preguntó—. Las hienas se están riendo alocadamente. ¡Quizás atraparon a Zazu!

—¡Vamos a ver!—dijo Simba.

—No es necesario—dijo Shenzi, apareciendo de repente—. ¡AQUÍ estamos!

Ed estaba detrás de ella, riendo tontamente.

—¡Simba!—gritó Nala.

Simba le lanzó un fuerte manotazo a Shenzi, haciéndola retroceder, y gritó:

—¡CORRE, NALA!

En el momento en que los dos cachorros corrían de regreso al cementerio, Simba vio una enorme pila de huesos.

—¡Rápido!—dijo—. Tratemos de escalar esa pila.

En el instante en que subían, Banzai apareció entre los huesos.

—¡Buu!—gritó.

Simba y Nala retrocedieron velozmente y tropezaron con Shenzi y Ed.

—¿Adónde van?—preguntó Shenzi.

Los cachorros se deslizaron por entre sus piernas y corrieron hacia otra pila de huesos.

—Cuidado—advirtió Simba a Nala—. Es bastante movedizo aquí.

Apenas dijo eso, ambos perdieron el equilibrio y cayeron.

Nala jadeaba; habían caído dentro de una gigantesca jaula de costillas.

—¡Estamos atrapados!—le dijo a Simba.

Shenzi y Banzai se acercaron a ellos, riendo.

—Qué conveniente, Banzai—dijo Shenzi—. ¿Qué bocadillo deseas?

Simba sintió que el corazón le latía fuertemente. Tal vez los podría ahuyentar con un gruñido. Después de todo, había visto a su padre hacerlo varias veces. Tomó una gran bocanada de aire.

—Rrrr—chilló.

Las tres hienas rompieron a reír alocadamente.

—¿Eso fue todo?—dijo Shenzi—. Vamos, hazlo otra vez. Vamos gatito, gatito, gatito—dijo burlonamente.

Simba volvió a tomar otra bocanada de aire.

¡ROAAARRRR!

Las tres hienas se dieron vuelta. Sus ojos se clavaron directamente en la mirada furiosa de un gigantesco león.

—¡Es el rey Mufasa!—dijo Shenzi, jadeando—. ¡Rápido, muchachos!—les dijo a Banzai y Ed—. ¡Vámonos de aquí!

Mufasa rugió de nuevo y las hienas partieron aullando.

—¡Papá!—dijo Simba, tratando de no llorar—, ¡Cómo me alegra verte!

—Me has desobedecido—refunfuñó Mufasa.

Simba nunca había visto a su padre tan enojado.

—Realmente lo siento, padre—dijo.

Antes de que Simba continuara hablando, Zazu llegó cojeando hasta ellos. Tenía las plumas maltrechas y hechas una maraña, y su pico un tanto doblado.

—¡Zazu!—exclamaron Simba y Nala.

—¡Santo cielo!—exclamó Mufasa—. ¿Qué te pasó?

—Majestad—explicó Zazu—. Me siento muy apenado por todo esto, pero debo aclarar . . .

—No es culpa tuya, Zazu—dijo el rey—. Por favor, lleva a Nala a casa. Tengo que enseñarle una lección a mi hijo.

Mufasa esperó hasta estar a solas con su hijo.

—Simba—dijo—, estoy muy desilusionado contigo. Te pudieron haber matado. Y lo que es peor, pusiste a Nala en peligro, para no hablar de lo que le pasó al pobre Zazu.

Simba se sentía muy apenado. Había decepcionado a su padre, ¡a su padre, que era todo en el mundo para él!

—Sólo trataba de ser valiente como tú—trató de explicarle.

Mufasa miró fijamente a su tembloroso hijo. ¡Se le partía el corazón de pensar en lo que hubiera podido pasar!

—Sólo soy valiente cuando tengo que serlo—dijo en tono suave.

—Pero no le tienes miedo a nada—dijo Simba.

—Tuve miedo hoy—replicó su padre—. Pensé que te iba a perder. Recuerda: ser valiente no significa que te busques problemas. —Luego sonrió—. Ahora vamos a casa; se hace tarde. Tu madre está preocupada por ti.

El sol se estaba ocultando. Apenas desapareció detrás de las distantes colinas rosadas, se sintió frío en el ambiente. Una luna llena apareció y las estrellas titilaron en el cielo, que ya empezaba a oscurecerse.

—Padre—dijo Simba, trotando junto a él—. Siempre estaremos juntos, ¿verdad?

Mufasa se detuvo.

—Simba, déjame decirte algo que mi padre me dijo. Mira las estrellas.

Simba miró hacia el cielo.

—Los grandes reyes del pasado nos miran desde esas estrellas—dijo su padre.

—¿De verdad?—preguntó Simba.

—Sí—respondió Mufasa—. Así que cuando te sientas solo, recuerda que ellos siempre te guiarán . . . lo mismo que yo.

Simba asintió: —Lo recordaré.

* * *

No muy lejos de allí, Scar estaba reunido con las hienas.

—¡Se lo dije cien veces, jefe! Lo sentimos—dijo Banzai al furibundo hermano del rey.

—¡Prácticamente les entregué esos cachorros!—refunfuñó Scar—. Tenían la oportunidad perfecta para deshacerse de ese fastidioso Simba.

—¿Qué debíamos hacer?—preguntó Banzai—. ¿Matar a Mufasa?

—Precisamente—respondió Scar.

Shenzi abrió la boca, sorprendida.

—¿Está bromeando?—preguntó.

—Me parece que no—dijo Shenzi—. ¿Quién necesita un rey?

—Sí, quién necesita un rey—repitió Banzai.

—¡Idiotas!—dijo Scar burlonamente—. Habrá un rey: ¡Yo! Y si ustedes me son leales, van a ser tratadas muy bien. Ciertamente, muy bien.

—Me parece perfecto—dijo Banzai.

—Escúchenme ahora, necios. Tengo un plan—susurró Scar.

Las hienas se inclinaron a escuchar. Shenzi y Banzai intercambiaron sonrisas. Ed echó la cabeza para atrás y se rió.

▼ ▼ ▼ ▼ ▼ ▼

6

A la mañana siguiente, Simba siguió a Scar hasta el fondo de un desfiladero ancho y profundo. El cachorro caminó cautelosamente por entre las rocas afiladas. De vez en cuando tropezaba.

—Ten cuidado, mi pequeño—dijo Scar dulcemente—. ¡No quiero que te caigas!

—¿Adónde vamos, tío Scar?—preguntó Simba.

Scar no respondió. Cuando llegaron al fondo, guió a su sobrino hasta una roca plana en medio del desfiladero.

—¡Súbete!—dijo, y lo ayudó a subir a la roca—. Espera aquí; tu padre tiene una sorpresa maravillosa para ti. —Dio vuelta para marcharse—. Le voy a decir que estás listo.

Simba estaba impaciente.

—¡Iré contigo!

—Quédate en la roca—insistió Scar—. No desobedezcas a tu padre o si no vas a terminar en un problema como el que tuviste ayer con las hienas.

—¿Te enteraste de eso?—preguntó Simba.

—Mi pequeño Simba—replicó Scar—, *todos* saben lo que pasó. Y entre tú y yo: practica más ese rugido debilucho.

Scar partió corriendo y dejó solo a su sobrino.

—«Rugido debilucho» . . . Ummm—dijo Simba. Se colocó en el centro de la roca y respiró profundamente—. Rrrr . . . Rrrr . . .

Simba dejó de gruñir cuando oyó el bramido pesaroso de los ñus en la distancia. Después de unos minutos vio una manada grande de ñus avanzando por la cumbre del precipicio. Suspiró con impaciencia; ¿por qué demoraba papá?

* * *

Shenzi, Banzai y Ed aguardaban la señal de Scar.

—¿Dónde está?—preguntó Banzai, mirando hacia el desfiladero—. Tengo tanta hambre . . . Debo comerme un ñu. Vienen hacia acá. Si él no se apura, se van a ir. El plan se frustrará.

—Sabes que tenemos que esperar hasta que Scar nos dé la señal—dijo Shenzi—. *Luego* entramos en acción.

—¡Miren!—exclamó—. Ahí está Scar. Ésa es la señal. ¡Vamos!

Dando alaridos salvajes, las hienas persiguieron a los desprevenidos ñus, mordisqueando sus talones. Los sorprendidos animales dieron bramidos y empezaron a correr.

—¡Llévalos hacia el desfiladero!—gritó Shenzi a sus camaradas.

—¿Qué crees que estoy tratando de hacer?—respondió Banzai, escupiendo polvo.

Unos minutos más tarde Ed reía alocadamente en tanto que la manada se desviaba hacia el borde del desfiladero.

—¡Para allá van!—exclamó Banzai entre alaridos—. ¡Lo logramos!

Mientras tanto, Mufasa daba su paseo cotidiano por la cumbre del desfiladero. Zazu, subido en la espalda de su amo, le daba las noticias del día.

—Mirad, majestad—dijo mientras señalaba con una de sus alas—. Una estampida; la manada viene hacia acá.

—Qué extraño—dijo Mufasa. Mientras miraba a los alocados ñus, su hermano Scar llegó a su lado.

—¡Mufasa!—gritó—. ¡Rápido! ¡Es una estampida! Simba está allá abajo.

—Me adelantaré—dijo Zazu.

Mufasa se lanzó hacia el borde del desfiladero.

—¡Dile a mi hijo que ya voy!

* * *

Simba miraba mientras los ñus bajaban por un lado del desfiladero. Había miles . . . ¡y se dirigían directamente hacia él! Descendió alocadamente por la roca para salvar su vida.

Antes de que se diera cuenta, la estampida estaba casi encima. El ruido de los cascos era ensordecedor y el polvo tan denso que Simba difícilmente podía ver. Pero vio la silueta de un enorme baobab frente a él. ¡Si pudiera llegar a él antes de ser pisoteado!

Simba corría tan rápido que sentía que el corazón le iba a estallar; llegó hasta el baobab y trepó por el tronco acanalado. Se arrastró hacia una rama ancha que parecía fuerte.

—¡Simba!—gritó Zazu. Voló por entre el polvo enceguecedor y se posó encima del árbol—. ¡Espera, tu padre ya viene!

Simba se echó hacia atrás para ver a Zazu. Al momento de hacerlo, la rama crujió y empezó a romperse.

—¡Zazu!—gritó Simba—. ¡Ayúdame!

Zazu miró de soslayo por entre el polvo y vio a Mufasa abriéndose paso por entre la manada de ñus.

—¡Aquí está, majestad!—gritó.

¡PUM! La vieja rama se rompió y Simba cayó al duro suelo. Mufasa asió a su hijo con la boca. Zigzagueando por entre la estampida, llevó a Simba hasta una roca que sobresalía a un lado del desfiladero.

—Oh, papá—sollozaba Simba—. Llegaste a tiempo.

Un ñu que pasó galopando derribó a Mufasa de la roca. El rey cayó de espalda y fue arrastrado por la estampida.

—¡Papá—gritó Simba—. ¡Papá!

* * *

Minutos más tarde Mufasa logró llegar hasta la cumbre del desfiladero. Herido y dolorido, se aferró a una roca que sobresalía. Miró lentamente hacia arriba y vio a su hermano parado frente a él.

—¡Scar, ayúdame!—gritó.

Scar se inclinó y clavó sus garras en las patas delanteras de Mufasa. Luego, dándole un empujón, susurró: —Qué viva el rey.

Mufasa resbaló por la escarpada y dentada cuesta y cayó.

Scar miró desde el borde del desfiladero y sonrió falsamente. Se había deshecho de uno. Faltaba el otro. Era lamentable que Mufasa hubiera rescatado a Simba, pero pronto se encargaría de su sobrino.

Miró de soslayo. ¿Era ése el cachorrito? Sí. Simba corría ahora por el fondo del desfiladero. Había visto a Mufasa caído en el suelo.

Cuando Scar llegó junto a él, Simba sollozaba junto a su padre muerto.

—Papá—gimoteaba Simba. Enterró su cara en la sucia melena de su padre.

—Simba—dijo Scar—, ¿qué has hecho?

—Fue un accidente—sollozó Simba—. Él vino a salvarme. Scar movió la cabeza entristecido.

—Si no fuera por ti, él estaría vivo todavía.

—No fue mi intención, tío Scar—dijo Simba.

—Sé que no lo fue—dijo Scar—. Nunca nadie desea que

estas cosas sucedan. Pero el rey está muerto. Y no puedes mostrar la cara en la manada otra vez.

Simba lo miró con los ojos muy abiertos.

—¿Qué voy a hacer ahora?

—¡Huye, Simba!—dijo Scar—. ¡Huye y no regreses jamás!

Vio a su sobrino partir sollozando por el desfiladero. Shenzi y Banzai caminaron detrás de Scar.

—Buen trabajo—dijo Banzai—. Te deshiciste de él.

—Terminen ahora el trabajo—les ordenó Scar, con la mirada puesta en Simba todavía—. Mátenlo . . . ahora.

* * *

Scar caminó con pasos largos hacia Pride Rock. Apenas llegó, llamó a Sarabi y a Zazu para que vinieran a verlo.

—Tengo noticias terribles—dijo—. Mi querido hermano, Mufasa, y mi adorado sobrino, Simba, están muertos.

—No . . . no . . . —gimoteó Sarabi.

Zazu estaba estupefacto y no podía hablar. Trató de hacer un esfuerzo para consolar a su reina.

—Lo siento mucho—dijo suavemente—. ¿Puedo ayudaros en algo?

Pero el impacto de la noticia había devastado a Sarabi, quien lentamente se echó al suelo.

—Debes consolarte sabiendo que tu esposo murió como un héroe—dijo Scar—. Asumo el trono con corazón afligido. Sin embargo, nunca debemos olvidar al gran Mufasa y a su querido hijo.

Las leonas de Pride Rock oyeron el grito triste de Sarabi y corrieron para estar a su lado. Al conocer la noticia, los gemidos de las leonas se escucharon por la llanura.

Miles de animales habían llegado a Pride Rock al anochecer. Su última visita, cuando le dieron la bienvenida al príncipe,

había sido alegre. Esta vez venían entristecidos, llorando su muerte y la de su padre.

En la cumbre de un cerro alto, Rafiki movía tristemente la cabeza. Luego, el viejo mandril, con el corazón destrozado, se marchó adonde pudiera estar solo.

Al llegar a casa, Rafiki se acercó al cuadro familiar que había dentro del árbol ahuecado. Por un momento largo y silencioso, contempló la imagen de un cachorro de león y luego pasó las manos tristemente sobre ella.

7

Simba tropezaba por la tierra seca y quemada. ¡Afortunadamente, las hienas habían dejado de perseguirlo! Habían dado marcha atrás después de quedar atascadas en una maraña de arbustos espinosos.

Pero antes de que las hienas hubieran abandonado la cacería, Simba las había oído gritar a sus espaldas:

—¡Si regresas, te mataremos!

Simba suspiró. Ellas probablemente creían que él no podía sobrevivir solo. Tenían razón.

Estaba cansado y sediento. Hacía tanto calor que la llanura brillaba tenuemente ante sus ojos. No se veía un árbol. Si no encontraba pronto alguna sombra y agua, moriría. Pero en realidad no le importaba si vivía o moría. Si no hubiera sido por él, su padre estaría vivo todavía.

Simba dio débilmente unos cuantos pasos más. Una sombra pasó sobre su cabeza y él miró hacia arriba. Seis enormes buitres volaban en círculo en el brillante cielo azul. Las rodillas se le doblaron y se desmayó.

Los hambrientos pájaros descendieron hacia donde estaba el cachorro. Se reunieron en silencio en un círculo y se inclinaron hacia él.

—¡Eyaaaaa!—gritó una voz poderosa.

Un jabalí grande de color café, con una mangosta delga-ducha montada a la espalda, se lanzó contra los sorprendidos buitres.

—¡Eyaaaaa!—volvió a gritar la mangosta—. ¡Apártense, apártense! ¡Buitres apestosos!

Los sobresaltados buitres se apartaron y luego alzaron vuelo.

La mangosta se desmontó y caminó en puntillas para ver mejor a Simba.

—Bien—parloteó—, ¿qué tenemos aquí?

Parada sobre sus patas traseras, la mangosta levantó la garra fláccida de Simba y la examinó. Después de un minuto o dos la dejó caer, alarmada.

—¡Santo cielo!—dijo con voz ronca al jabalí—. ¡Es un león! ¡Y está vivo! Corre, Pumbaa, pero primero, espérame. —Se trepó a la espalda del jabalí otra vez y dijo—: ¡Vamos! ¡Vamos! ¡Vamos!

Pero Pumbaa no corrió, sino que se acercó para echar una mirada. Inclinándose para ver mejor, observó con curiosidad al cachorro.

—Oh, Timon—resopló—, es sólo un leoncito. Míralo. Es tan lindo y está tan solo. ¿Podemos quedarnos con él?

—Pumbaa—le susurró Timon a su compañero al oído—, se trata de un león. ¡Los leones comen animales como nosotros!

—Pero es tan pequeño—insistió Pumbaa.

—¡Va a CRECER!—dijo Timon.

—Tal vez si llega a conocernos estará de nuestro lado—sugirió Pumbaa.

—Ésa es la cosa más estúpida que he oído—resopló Timon. Luego se rascó la cabeza—. Después de todo, tener un león

para que nos proteja no es mala idea.

—¿Vamos a quedarnos con él, entonces?—preguntó
Pumbaa.

—Por supuesto—dijo Timon.

Pumbaa se arrodilló sobre sus patas delanteras y alzó a
Simba con su hocico. Se puso de pie, balanceando con cuidado
al cachorro en sus colmillos.

—Ten cuidado—dijo Timon—. Nos espera un viaje largo.
¡Trata de no dejarlo caer!

* * *

Horas más tarde Simba abrió los ojos y parpadeó. Un jabalí y
una mangosta estaban junto a él.

—Aquí tienes. Abre la boca—dijo Timon, vertiendo agua en
la boca seca de Simba—. ¿Estás bien?

—Creo que sí—respondió Simba. Se sentía mucho mejor.

—Casi te mueres—dijo Pumbaa—. Nosotros te salvamos.

—Muchísimas gracias por su ayuda—dijo Simba—. Pero
debo irme ahora.

Se puso de pie y echó a andar.

—¿Adónde vas?—preguntó Timon.

Simba se detuvo y suspiró.

—A ninguna parte.

—Pumbaa—musitó Timon—. Creo que nuestro amigo está
triste.

—Regresa—dijo a Simba—. Dinos de dónde vienes.

—Eso no importa—dijo Simba—. Ya nada importa.

—La cosa es seria—dijo Timon—. ¿Hiciste algo malo?

—No sólo malo—dijo Simba—. Fue terrible. Pero no quiero
hablar de ello.

—Está bien—dijo Pumbaa con voz suave—. No tienes que
hacerlo.

—Correcto—dijo Timon—. Olvida el pasado. Olvídalo. *¡Hakuna matata!*

—¿Qué?—preguntó Simba.

—*Hakuna matata*—repitió Timon—. Significa que no debes preocuparte ni tener responsabilidades. Esa es nuestra filosofía.

—¿Por qué no te quedas con nosotros?—le preguntó Pumbaa.

Simba lo pensó por un momento. ¿Por qué no? No tenía adonde ir y sería muy bueno tener a alguien con quien hablar.

—Me quedaré—dijo—. Gracias.

Miró a su alrededor, estudiando el sitio por primera vez. No se parecía en nada a la llanura abierta. Aquí todo era frondoso y las cosas crecían muy juntas. Cantidades de árboles muy altos le daban sombra al suelo, haciéndolo sentir fresco al tocarlo con los pies.

—¿Dónde estamos?—quiso saber Simba.

Timon estaba sorprendido.

—¿Nunca has estado en la selva?—preguntó—. Bienvenido a nuestro humilde hogar, pues. Hizo de lado un gigantesco y frondoso helecho que había junto a él.

Simba echó una mirada y vio un sitio cubierto de hojas de palmera, que se veía acogedor. Hermosas flores, entrelazadas en las enredaderas, embellecían el lugar.

—Es precioso—dijo—. ¿Ustedes viven aquí siempre?

—Vivimos donde queremos—dijo Timon—. Hacemos lo que queremos. Ya sabes cómo son las cosas . . . vivimos la buena vida. A propósito—le preguntó Timon—: ¿Tienes hambre?

—Sí—dijo Simba. ¡Las cosas empezaban a mejorar!

—Bien —dijo la mangosta—, pues encontraremos algo para que comas.

Timon y Pumbaa buscaron cuidadosamente por el suelo. Se detuvieron finalmente frente a un tronco caído.

—Parece que éste es un buen lugar para encontrar lombrices—dijo Timon—. Mira a ver si lo puedes mover, Pumbaa.

Pumbaa se arrodilló y, entre gruñidos, lo empujó con su hocico. Timon pasó las manos por debajo del tronco y sonrió.

—Muy bien—le dijo a Simba al subirse al hocico de Pumbaa—. Hay bastante para todos.

Simba miró lo que Timon tenía en la pata. Era una lombriz gorda que se retorcía.

—¿Qué es eso?—preguntó Simba, retrocediendo.

—Ya te dije: una lombriz—respondió Timon, y se puso una en la boca—. Tú eres carnívoro; prueba una. Son ricas.

Simba arrugó la nariz.

—¡Aaaagggg!

—Vamos—dijo Pumbaa—. Aprenderás a comerlas.

—Saben a pollo—agregó Timon.

Simba suspiró profundamente. Tenía mucha hambre y parecía que no le quedaban muchas alternativas. Tomó una lombriz del suelo y la masticó.

—Bien, ¿qué piensas?—preguntó Timon.

—Babosa, pero apetecible—respondió Simba, sorprendido de sí mismo.

Timon sonrió.

—¡Ves! Te va a gustar la selva. Recuerda nuestra filosofía, en la cual no hay problemas: *¡Hakuna matata!*

—Correcto—dijo Simba—. *Hakuna matata.*

▼ ▼ ▼ ▼ ▼ ▼

8

Los días, las semanas y los meses se convirtieron en años. Simba había crecido. Una melena le cubría la cabeza y los hombros.

Una noche se sentó con Timon y Pumbaa bajo las estrellas. Le gustaban mucho sus amigos y la selva, pero no era la clase de vida que él quería. Algo faltaba. *Hakuna matata* no estaba dando resultado.

—¿Alguna vez han pensado en lo que son esas cosas allá arriba?—les preguntó Pumbaa.

—No pienso, lo sé—dijo Timon despreocupadamente—. Son luciérnagas adheridas a esa cosa azul oscura.

—Oh—dijo Pumba—. Pensé que eran bolas grandes de gas, a millones de kilómetros de distancia. ¿Qué crees que son, Simba?

Simba estaba sumido en sus propios pensamientos, recordando las palabras que su padre le había dicho hacía mucho tiempo:

Los grandes reyes del pasado nos miran desde esas estrellas. Ellos siempre estarán allá para guiarte . . . lo mismo que yo.

—Despiérta, Simba. ¿Por qué miras tanto hacia el cielo?—preguntó Timon.

Simba no respondió. No podía imaginarse lo que su padre pensaría de él ahora. Suspiró tan profundamente que su aliento hizo volar un algodoncillo por los aires.

Un viento repentino se levantó, llevándose al algodoncillo por encima de las copas de los árboles y por la llanura hasta llegar a la mano extendida de Rafiki, el viejo místico.

El viejo y sabio mandril examinó el algodoncillo. Entró cojeando en su cueva y estudió el dibujo que había hecho en la pared. Era el dibujo de un cachorro de león.

Rafiki abrió una calabaza y sacó algo pegajoso de ella. Lo untó en la cabeza del cachorro. El dibujo cambió. Ya no era el de un cachorro sino el de un león de melena dorada.

«Ya es hora», se dijo Rafiki sonriendo y se alistó para salir.

* * *

Al día siguiente Pumbaa ayudaba a Timon a cazar insectos. No tenían mucha suerte.

—Si nos separamos los encontraremos más rápidamente—dijo Timon—. Tú vas por allá y yo por aquí.

—Es mejor que yo vaya por allá y tú por aquí—dijo Pumbaa—. Pero si *realmente* quieres ir por allá, yo puedo ir . . .

—¡Basta!—interrumpió Timon—. ¡Vete por donde quieras!

Pumbaa corrió hacia un arbusto espinoso. Tal vez encontraría hormigas en él. Olió las ramas afiladas . . . era lo que buscaba.

—¡Timon!—gritó—. ¡Ven acá!

Oyó que una ramita se rompía detrás de él y se volvió para ver a su amigo.

—Encontré muchísimas hormigas . . .

Pumbaa quedó petrificado. Los pelos del cuello se le erizaron y su cola se irguió. No era Timon, después de todo. Era una leona . . . y parecía hambrienta.

—¡TIMON! ¡AUXILIO!—dijo chillando. Aterrorizado, se metió debajo de un leño y quedó atascado a mitad de camino.

Timon llegó corriendo.

—¿Pumbaa?—preguntó, mirando cómo su amigo pataleaba con las patas traseras—. ¿Qué estás haciendo allí?

—¡Me va a comer!—gritó Pumbaa.

—¿*Quién* te va a comer?—preguntó Timon. Entonces vio la leona . . . ¡que estaba a punto de saltar sobre él! Aterrorizado, Timon cerró los ojos. Nada sucedió. Entreabrió un ojo en el momento en que Simba salía de entre los matorrales y se enfrentaba a la leona. Los dos animales se revolcaron por el suelo una y otra vez, gruñendo ferozmente.

—¡Él va ganando!—gritó Timon, saltando en sus patas traseras—. ¡Oh, no! Ella va ganando. ¡Ohhh! Él está atacando como un campeón.

De repente, la leona volteó a Simba sobre la espalda, atrapándolo con su pata.

Simba la miró de cerca.

—¿Nala?

—¿Simba?—preguntó la leona.

Timon miraba estupefacto mientras Simba y la desconocida jugueteaban y rugían encantados.

—Oye, ¿qué está pasando?—preguntó Timon.

—Nala, ¡te ves muy bien!—dijo Simba—. ¿Qué haces aquí?

—¿Por qué me preguntas eso a *mí*?—dijo Nala—. ¡Pensé que estabas muerto!

—No—dijo Simba—. Aquí me tienes.

—Qué bueno verte—dijo Nala.

—Repito—interrumpió Timon—. ¿QUÉ ESTÁ PASANDO?

—Timon—dijo Simba—, te presento a Nala, mi mejor amiga.

—¡Amiga!—dijo Timon—. Trató de comernos.

—Lo siento—dijo Nala—. No sabía quiénes eran ustedes.

Pumbaa, acabando de soltarse, se sentó jadeando en el suelo.

—Oh, Pumbaa—dijo Simba—, te presento a Nala.

Pumbaa trató de contener el aliento.

—Encantado de conocerte.

Nala le sonrió al jabalí.

Luego puso una cara seria.

—Simba—preguntó Nala—, ¿por qué nos dijo Scar que estabas muerto?

—Eso no importa—dijo Simba—. Estoy vivo.

—Por supuesto que sí importa—replicó Nala—. Tú eres el rey.

Pumbaa cayó inmediatamente de rodillas.

—Su majestad—dijo—. Me *puestro* ante vuestros pies.

—Ponte de pie—dijo Timon—. No es *puestro*. Es *postro*. Y no lo hagas. Creéme, él no es el rey.

—Dile la verdad, Simba—le pidió Nala.

—Sí, ella tiene razón—aceptó Simba.

—¡Ahora todo se dañó!—exclamó Timon—. Las cosas ya no volverán a ser las mismas aquí.

Nala se dirigió a Timon y Pumbaa.

—¿Quieren excusarnos por un momento? Quiero hablar a solas con Simba.

—Seguro—dijo Timon, enojado—. Vamos, Pumbaa, dejemos que hablen en privado.

—¡Lo sabía!—dijo Pumbaa mientras Nala y Simba se alejaban—. Siempre supe que él era un rey.

—Bien, ¡estoy sorprendido!—reconoció Timon—. Crees conocer a alguien y . . .

* * *

—¿Nunca les dijiste quién eras?—preguntó Nala cuando estuvieron solos.

—Nunca me preguntaron—respondió Simba—. Mira, dejemos de hablar de mí. ¿Cómo llegaste aquí?

—Las cosas están muy mal en la llanura—dijo Nala—. Scar ha tomado el poder. ¡Deja que las hienas hagan lo que quieran!

Simba estaba sorprendido.

—Parece terrible—dijo.

—Todo se puso tan mal con las hienas—explicó Nala—que no lo pude tolerar más y huí. Creí que iba a encontrar algo mejor.

—Y lo encontraste: ¡yo!—dijo Simba sonriendo tontamente—. Ahora podremos vivir juntos.

Nala sonrió con un dejo de tristeza.

—Parece perfecto, Simba, pero no podemos. *Tú y yo* no somos los únicos que importan. Ahora que estamos juntos podemos regresar a Pride Rock a arreglar las cosas.

—Nala—trató de explicarle Simba—, ahora tengo una nueva filosofía. *Hakuna matata.* Significa que no me preocupo, no me inquieto, no tengo responsabilidades . . .

—¡Escúchame!—interrumpió Nala—. Olvídate de tu *Hakuna matata.* Acepta tus responsabilidades, Simba. Mientras vivas, Scar no tiene derecho al trono.

Simba sacudió la cabeza.

—Nala—insistió—. No puedo volver. No soy el rey.

—Podrías serlo—dijo Nala.

Simba miró a Nala directamente a los ojos.

—Te he extrañado, Nala.

—Yo también te he extrañado—dijo ella.

—Déjame mostrarte el lugar. Estoy seguro de que te va a gustar. Vamos, *por favor*.

Nala lo siguió hacia la frondosa selva, que el sol bañaba con brillantes manchones.

—Es hermoso—dijo ella—. Ahora veo por qué te gusta. Parece un paraíso.

—Te lo dije—dijo Simba, tendiéndose en un suave lecho de musgo—. Esto es todo lo que necesitamos.

Nala se alejó.

—Nala—dijo Simba—, hay otro sitio que te quiero mostrar. Es uno de mis favoritos.

La llevó a una pequeña cascada. Las gotas de rocío de un arco iris rebotaban y centelleaban al caer. Simba saltó en la gélida charca.

—¡Entra!—gritó él, chapaleando con su pata.

Nala dudó, sonrió luego y entró al agua.

Jugaron a las escondidas en la cascada toda la tarde. Cuando la tarde empezó a enfriarse, se dirigieron a una colina y contemplaron el atardecer.

—Nala—dijo Simba, frotando su hocico contra ella—. Quédate conmigo. ¿Por qué regresar a un mundo que nos ha derrotado?

Nala desvió la mirada. No podía tolerar que Simba hablara así. No podía creer que el hijo de Mufasa le diera la espalda a la manada.

—Te estás escondiendo del futuro, Simba—respondió Nala.

—Es difícil dejarlo todo aquí—dijo Simba—. No lo entiendes.

—Tu padre tampoco lo entendería. A Mufasa le gustaría que regresaras—dijo ella.

Simba parpadeó con los ojos llenos de lágrimas.

—Mi padre ha muerto y es culpa mía.

9

Simba no podía dormir. La charla que tuvo con Nala le daba vueltas en la cabeza. La miró. Dormía plácidamente. Tal vez iría a caminar; eso lo haría dormir.

La selva estaba sorprendentemente tranquila. Caminó por unos minutos; luego se extendió sobre una roca plana y contempló el cielo. Estaba lleno de estrellas.

«No puedo regresar», pensó. —¿Cómo puedo mostrar la cara ante la manada? No soy un rey. No puedo solucionar los problemas del mundo. Y aun si tratara, no soy como tú, papá. Nunca lo seré— dijo dando un fuerte suspiro.

Poco a poco percibió un tenue sonido . . . era el sonido de alguien que cantaba una cancioncita extraña. *Asante sana, cuash banana. Ui ui, ri ri apana.* Se esforzó para oír mejor las palabras. No podía darse cuenta de dónde venían. Había algo en ellas que era triste e inquietante, así que decidió continuar su camino.

Al poco rato se detuvo a descansar otra vez. Se echó sobre un leño que servía de puente a un arroyo estrecho. *¡PLUMMM!* Una piedra, que había sido lanzada desde la orilla y que casi lo golpeó, cayó en el agua.

Sorprendido y molesto, Simba vio un mandril viejo acuclillado en una orilla del arroyo. Rafiki le sonrió. «*Asante sana, cuash banana. Ui ui, ri ri apana*», canturreó.

—¿Me estás siguiendo?—preguntó Simba—. ¿Quién eres?

Rafiki lo miró a los ojos.

—La pregunta es: ¿quién eres *tú*?—le dijo.

Simba suspiró.

—Pensé que lo sabía. Ahora ya no estoy muy seguro.

—Bien—dijo Rafiki—, yo sí sé quién eres tú. Eres el hijo de Mufasa.

—Adiós—agregó, desapareciendo velozmente en la selva.

Simba no podía creer lo que acababa de oír. ¿El viejo mandril conocía a su padre? Tenía que detenerlo antes de que se fuera.

—¡Espera!—gritó Simba. Corrió por entre las enredaderas y siguió a Rafiki hasta la cumbre de una colina rocosa.

—¿Conociste a mi padre?—le preguntó Simba.

Rafiki sacudió la cabeza.

—Permíteme corregirte—dijo—. Conozco a tu padre.

Simba se sintió apenado de tener que darle malas noticias al viejo mandril.

—No quiero decirte esto—dijo—, pero mi padre murió hace mucho tiempo.

—Permíteme corregirte otra vez—dijo Rafiki—. ¡Tu padre está *vivo*! Sigue a Rafiki. Él conoce el camino.

El corazón de Simba estaba henchido de alegría. El nombre de Rafiki le trajo recuerdos viejos de Pride Rock. Ahora, por primera vez desde que había dejado el hogar, se sintió realmente feliz. ¡Iba a ver a su padre!

Sorprendentemente, el viejo mandril se movía velozmente, y resultaba difícil mantener su ritmo. Por un momento lo veía, pero al otro desaparecía como por arte de magia. Cuando Simba

creyó que había perdido el rastro de Rafiki para siempre, lo vio haciéndole señas.

—¡Apúrate! ¡No pierdas tiempo!—gritó Rafiki—. Mufasa está esperando.

Rafiki iba al frente por entre la espesura y la maleza. Se detuvo por fin cerca de una charca profunda cubierta de plantas frondosas y carrizos altos.

—¿Está mi papá aquí?—preguntó Simba.

Rafiki se acercó, cojeando, a los carrizos y los separó.

—Chis—susurró, llevándose un dedo fino y huesudo a sus labios grises—. Mira allá abajo.

Simba se acercó y miró en la plácida charca. El agua brillaba con el reflejo de las estrellas. A través de las estrellas lo miraba un león de melena dorada.

—¿Papá?—preguntó Simba. Apenas se inclinó hacia adelante se dio cuenta de que ése no era su padre. Se estaba mirando a sí mismo. Desilusionado completamente, giró hacia Rafiki. ¿Le estaba jugando una mala pasada el viejo mandril?

—Ése no es mi padre—dijo Simba—. Es mi propio reflejo.

—Mira mejor—dijo Rafiki.

Confundido, Simba volvió a mirar el agua. Su reflejo brillaba tenuemente y cambiaba de forma gradualmente. ¡Se estaba convirtiendo en la imagen de su padre!

Simba quedó boquiabierto.

—¿Ves? —dijo Rafiki—. Él vive dentro de ti.

—*Simba* . . .

Simba miró hacia arriba. ¡Era la voz de su padre!

—Papá, ¿dónde estás?—exclamó.

Un remolino de nubes se dispersó ante los ojos sorprendidos de Simba, y la imagen de Mufasa llenó lentamente el cielo nocturno. Pero no era su padre realmente, pues podía ver a través

de él. Simba no podía hablar. ¡Estaba viendo un fantasma!

—¿Papá?—dijo, empezando a sentir miedo.

—*Simba, ¿me has olvidado?*—preguntó Mufasa.

—¡No!—contestó Simba. ¿Cómo podría su padre pensar eso?

La imagen del rey cambió de nuevo. Simba ya no podía ver el fantasma, pero podía sentir su presencia a su alrededor. Mufasa se había convertido en parte del aire.

—*Has olvidado quién eres*—dijo la voz de Mufasa—. *Y por lo tanto, me has olvidado.*

—Oh no, papá—insistió Simba. Sintió que se le formaba un nudo en la garganta—. Nunca te olvidaré.

La voz de Mufasa se tornó suave.

—*Mira dentro de ti, Simba. Eres más de lo que has sido. Debes ocupar tu lugar en el Círculo de la Vida.*

—Pero, papá, aquí he encontrado mi lugar—le explicó Simba—. Ya no soy el mismo de antes. ¿Cómo puedo regresar?

—*Recuerda quién eres*—dijo su padre—. *Eres mi hijo y el verdadero rey.*

La voz de Mufasa empezó a apagarse.

—*Recuerda quién eres* . . .

—¡Papá!—imploró Simba—. ¡Por favor, no te vayas! ¡No me dejes!

—*Recuerda . . . Recuerda . . .*—decía la voz mientras se apagaba.

—¿Papá?—lo llamó Simba con voz débil. Simba buscó por el inmenso cielo estrellado, pero Mufasa se había ido.

—Una noche muy especial, ¿eh?—dijo Rafiki, que apareció al lado de Simba otra vez.

—Parece que las cosas están cambiando—respondió Simba.

—Ah—dijo Rafiki dando un suspiro—. Los cambios son buenos.

—Pero no es fácil—dijo Simba—. Sé que debo regresar, y eso significa que debo enfrentarme a mi pasado.

En ese momento Rafiki golpeó a Simba con su bastón.

—¡Aaaayyyy!—exclamó Simba—. ¿Por qué hiciste eso?

—No importa—dijo Rafiki—. Ya es cosa del pasado.

—Sí, pero todavía me duele—dijo Simba frotándose la cabeza.

—Sí, el pasado puede doler—dijo Rafiki—. Según como veo las cosas, se puede aprender del dolor o se puede evitarlo.

De repente, Rafiki alzó el bastón nuevamente, pero esta vez Simba lo esquivó.

—¡Ya estás aprendiendo!—dijo Rafiki—. ¿Qué vas a hacer, pues?

—¡Antes que nada, voy a quitarte el bastón!—dijo Simba—. Luego voy a regresar a mi hogar.

*   *   *

Poco antes del amanecer, la voz de Nala despertó a Pumbaa y Timon.

—Busco a Simba—dijo—. ¿Está aquí?

Timon parecía sorprendido.

—Pensábamos que estaba contigo.

—¿Adónde iría?—preguntó Pumbaa.

—Ajá—interrumpió Rafiki, acuclillado, encima de ellos, en la rama de un árbol.

—No lo encontrarás aquí. El rey ha regresado.

Nala dio un gruñido de felicidad al oír las palabras del viejo mandril.

—¡Ha regresado realmente!

Vio cómo Rafiki desaparecía rápidamente entre los árboles. «Me equivoqué con Simba», pensó.

—¿Qué pasa aquí?— dijo Timon—. ¿Quién es ese mono?

—Simba ha regresado a retar a Scar—dijo Nala.

—¿Quién se va a rascar?—preguntó Pumbaa.

—No, no, no—dijo Nala—. Scar es el tío de Simba.

Timon estaba sorprendido.

—¿Ése mono es su tío?

—No—explicó Nala pacientemente—. Simba va a retar a su tío para ocupar su lugar como rey.

—Ohhhh—dijeron Timon y Pumbaa al mismo tiempo.

Timon lo pensó por un momento.

—¿Un reto?—preguntó, un poco preocupado—. ¿Quieres decir que va a haber una pelea . . . hasta la muerte?

Nala asintió tristemente.

Pumbaa tragó saliva.

—¡Simba puede morir!

—¡*Es culpa tuya!*—le gritó Timon a Nala—. ¡Todo esto es culpa tuya!

—No entiendes, Timon—dijo Nala.

—¿No entiendo?—chilló Timon—. *Tú* eres quien no entiende. Simba va hacia las fauces de la muerte y todo es culpa tuya.

Empezó a sollozar. Nala dio vuelta y se dispuso a partir.

—Oye—dijo Timon, alzando la mirada—. ¿Adónde vas?

—Voy a reunirme con Simba—dijo Nala.

—Yo también voy—dijo Pumbaa—. Igual que Simba, que marcha hacia las fauces de la muerte, yo también voy a enfrentar a mi destino . . . como leal amigo suyo.

—¡Bien!—gritó Timon—. ¡Vete! Sé un héroe. ¿Quién te necesita aquí? ¡Ahora *yo* soy el rey de la selva!

Timon permaneció de pie con los brazos cruzados por un breve momento. Luego corrió tras ellos.

—Oigan, muchachos—gritó—. ¡Espérenme!

▼ ▼ ▼ ▼ ▼ ▼

10

Simba llegó a la cumbre de una meseta. Había arribado por fin a los limites de Pride Lands. Pride Rock se alzaba en medio de la llanura vacía y reseca.

La sequía había arruinado todo. Los árboles casi no tenían hojas. Las hambrientas jirafas, estirándose todo lo que podían, habían pelado las ramas.

El viento empezó a soplar y nubes amenazadoras cubrieron el cielo. ¡Tal vez traerían lluvia! Simba respiró profundamente y cerró los ojos; el viento agitó su melena. Pensó en las palabras de su padre. *Recuerda . . . Recuerda . . .*

Luego se encaminó hacia Pride Lands.

* * *

Zazu, prisionero en una jaula en la cueva de Scar, canturreaba tristemente.

—¡Canta algo que tenga vida!—le ordenó Scar.

—Mufasa nunca me trataría así—dijo Zazu.

—¿*Qué* dijiste?—dijo Scar con rabia—. *Jamás* puedes pronunciar ese nombre en mi presencia. ¡*Yo* soy el rey!

—¡Sí, majestad!—dijo Zazu humildemente. Y luego, con más osadía, agregó—: Sólo *vos* podéis reinar en la pradera de la forma cómo lo hacéis.

Shenzi, Banzai y Ed entraron en ese momento en la cueva.

—Tiene que hacer algo, jefe—dijo Shenzi entre alaridos—. Es hora de comer y no hay manjares para la cena.

—Sí . . . y tampoco hay comida—gritó Banzai.

—¡Las hienas tienen tanta hambre que están listas para amotinarse!—dijo Shenzi.

—¡La cacería es trabajo de la leona!—rezongó Scar—. ¿Debo hacerlo todo yo?

Sacó la cabeza de la cueva y gritó: —¡Saa-ra-bii!

* * *

Sarabi llegó a los pocos minutos.

—Escucha esos estómagos vacíos—dijo Scar.

—Scar—replicó Sarabi—, no hay comida. Las manadas se han marchado. No tenemos otra alternativa que abandonar Pride Rock.

—No vamos a ninguna parte—dijo Scar—. ¡Yo soy el rey y hago las leyes!

—Si fueras la mitad de rey de lo que Mufasa fue . . . —empezó a decir Sarabi.

—¡SOY DIEZ VECES MÁS REY DE LO QUE MUFASA FUE!—rugió Scar, y con un zarpazo derribó a Sarabi al suelo.

Los otros animales guardaron silencio mientras un rayo iluminó el cielo oscuro. Nubes de tormenta comenzaron a acumularse sobre la llanura. La tormenta retumbó. El viento aullaba y bramaba. *¡Puumm!* Un enceguecedor rayo quemó la tierra, y la hierba seca se incendió. Llamas turbulentas se extendieron hacia Pride Rock.

Scar quedó sin aliento al ver el ambiente cargado de humo. Un león de melena dorada apareció entre la humareda y se le acercó.

—¿Mufasa? ¡No! ¡No puede ser!—dijo mientras retrocedía—. ¡Estás muerto!

Sarabi levantó su cabeza dolorida.

—¿Mufasa?—preguntó.

—No, madre—dijo Simba—. Soy yo.

—Simba . . . estás vivo—dijo Sarabi con voz débil.

—¿Simba?—susurró Scar. Luego salió de su asombro—. Bueno, Simba, estoy sorprendido de verte. Te apareces en un momento inoportuno.

—Diría que he llegado a tiempo—dijo Simba.

—Bueno, tú sabes—vaciló Scar—, las presiones de gobernar un reino . . .

—Ya no son tuyas—terminó Simba la frase—. He venido a tomar mi lugar como rey.

—Lo siento, sobrino—dijo Scar—. Te lo daría, pero algunos creen que yo todavía soy el rey.

Y hizo una seña a la multitud de hienas que estaban listas para atacar.

Simba vio a Nala y a otras leonas en una roca alta, preparadas para saltar en su ayuda.

—¡Ven a pelear, Scar!—le gritó Simba.

—¿Debemos ser violentos? Tu padre no está aquí para salvarte esta vez—dijo Scar—. ¿Por qué no les dices a todos quién es el responsable de la muerte de tu padre?

La pena invadió el corazón de Simba. Dio un paso atrás y dijo: —Yo soy.

Las leonas quedaron boquiabiertas.

—¡Pero fue un accidente!—añadió Simba.

—¡Eres cupable!—dijo Scar.

—¡Noooo!

Simba retrocedió horrorizado y de repente tropezó; sus patas traseras resbalaban por un risco empinado.

—¡Simba!—gritó Nala.

Scar se dirigió lentamente hasta el borde del risco y miró a

Simba. Simba tenía las uñas enterradas en la roca, pero a duras penas se podía sostener.

—La escena me parece familiar—musitó Scar—. Sí. ¡Lo recuerdo! Tu padre tenía ese aspecto . . . ¡antes de que yo lo matara!

Las palabras le llegaron a Simba con la fuerza de un golpe. Un vigor invadió su cuerpo y con un poderoso rugido arremetió contra Scar.

—¡Asesino!—le gritó.

Se volvió hacia la manada mientras asía a Scar por la garganta.

—¡Diles lo que acabas de decir, Scar!—le gritó Simba—. ¡Diles la verdad!

—¿La verdad?—se preguntó Scar—. La verdad depende de quien la dice.

Simba apretó más la garganta de Scar.

—¡Diles!

—Yo lo hice—susurró Scar, respirando con dificultad.

—¡Dilo más alto!—exclamó Simba.

—¡Yo maté a Mufasa!—gritó Scar.

Con agudos gritos de batalla, las leonas arremetieron contra Scar. Simba vio a Nala saltar a su lado en el momento en que las hienas entraban en el combate. El cielo relampagueó durante la contienda y la hierba seca alrededor de Pride Rock se convirtió en un mar de llamas.

Finalmente, las hienas huyeron derrotadas, dejando a Simba y a Scar enfrentados cara a cara.

—Por favor, no me hagas daño—le imploró Scar. No tenía quien le ayudara. Estaba de espaldas al risco—. Yo no maté a tu padre. Fueron las hienas. Son malas. Simba, yo soy de tu familia.

Simba se detuvo por un momento para considerar la súplica de su tío.

—Vete, Scar—le ordenó Simba—. Vete y no te dejes ver otra vez.

—S-sí, vuestra majestad. Como usted ordene—dijo Scar pretendiendo que se iba. Luego dio media vuelta y golpeó a su sobrino.

Simba reaccionó rápidamente.

—¡Has perdido la oportunidad!—rugió.

Agarró a Scar y lo lanzó por el risco.

Al fondo, la manada de hienas hambrientas se arrojaron sobre él. Scar ya no era su amo, y en pocos minutos dejó de existir.

Simba sintió a alguien a su lado.

—Bienvenido al hogar—dijo Nala—. Tu madre te está esperando.

—Qué bueno es regresar—dijo Simba.

—¡Qué batalla!—dijo Nala—. Incluso Timon vino al rescate. Él y Pumbaa se deshicieron de Shenzi, Banzai y Ed.

—¿Y cómo está Zazu?—preguntó Simba, sonriendo.

—Bien—dijo Nala, sonriendo—. Es libre como un pájaro.

Empezó a llover en el momento en que sonreían. Las pesadas gotas apagaron las llamas y empaparon el suelo negro y humeante. En pocos minutos capas de agua cubrieron la llanura, y cantarinos manantiales surcaron la tierra otra vez.

11

▼ ▼ ▼ ▼ ▼ ▼

Pride Lands regresó a la vida. Las charcas rebosaron, y la hierba reverdeció. Las acacias, con sus ramas cargadas de flores pequeñas y doradas, perfumaban el aire. Los *kigelias* florecían por doquier. Por la noche, cuando las flores se abrían, los murciélagos bebían el néctar.

Cierto amanecer, todos los animales marcharon hasta el pie de Pride Rock. Zazu volaba a poca altura sobre ellos y luego desapareció de la vista.

—¿Por qué estamos aquí?—quiso saber una cebra pequeña.

—Ten paciencia—le dijo su padre—. Pronto verás al pequeño príncipe. ¡Mira! ¡Allí está!

Timon y Pumbaa se sentaron en medio de un grupo de leonas en la cumbre de Pride Rock. Observaban mientras el extraño mandril viejo rociaba algo sobre la cabeza del cachorro. Éste estornudó y todos rieron.

Rafiki levantó al inquieto cachorro y se acercó al borde. Todos se regocijaron y aprobaron golpeando el suelo con sus patas.

A continuación, Rafiki alzó al cachorro, el hijo del rey Simba y la reina Nala, en el aire.

Los animales se callaron e hicieron una reverencia al rey.

* * *

Después que la multitud partió, Simba fue a la cumbre de Pride Rock. Contempló cómo el sol se ponía tras las colinas del oriente. Anochecía otra vez en África.

—Todo está bien, papá—dijo Simba suavemente—. Como ves, no me olvidé . . .

Levantó la vista. Una por una las estrellas ocuparon su lugar en el frío cielo nocturno.